दस पल फुरसत

अपराजिता शुक्ला

समर्पण

हर इंसान की ज़िंदगी में कुछ कहानियाँ होती हैं और हर कहानी में कई किरदार। हर किरदार कभी वक्त पर, कभी ज़िंदगी पर और कभी दिल- और- दिमाग पर एक छाप छोड़ जाता है। मेरी इन लघु कहानियों को मेरी कल्पना और सच्चाई की डोरी ने बड़ी मजबूती से बांधा है। ये पुस्तक समर्पित है मेरे पिता को, जो, स्वयं बस अपनी डायरी के पन्नों में सिमट कर रह गए। उनके अल्फ़ाज़ आज भी उन्ही पन्नों में बंद हैं। उनकी कविताओं ने मुझे कहानियों की दुनिया से मिलवाया और मेरी एक छोटी सी दोस्त भावना ने मेरी इन कहानियों को आजाद करके खुले आसमान में उड़ने का हौसला दिया। ये किताब इन दोनों को समर्पित है।

क्रम-सूची

प्रस्तावना

प्रस्तावना

कहानियाँ, सिर्फ शब्दों और वाक्यों का जाल नहीं है- ये वो ताना-बाना है जो हम पूरी ज़िंदगी अपने और अपने आस - पास के लोगों के साथ बुनते रहते हैं। किसी की याद, किसी की बात, किसी का इशारा, किसी का दर्द, किसी की खुशी, किसी का प्यार, किसी की तकरार , किसी के सपने और किसी की जिद। इन सबको जब हम महसूस कर पाते हैं अपने अंदर, तब बनती है कहानियाँ। हर किरदार, हर किस्सा बयान करता है हमारे आस - पास के उन पलों को जो गाहे- बगाहे हमारे सामने से निकाल गए पर अब भी जहाँ में कहीं बाकी हैं। जाड़ों की गुनगुनी धूप में चाय की चुसकियों के साथ जिस तरह मैने इन कहानियों को महसूस किया है, आप भी जरूर करेंगे.. यही उम्मीद है।

भूमिका

भूमिका

मेरे पिता की डायरी जो उनकी मरितु के बाद मेरे हाथ ल;आगी, उसने ही मुझे लिखने की प्रेरणा दी। कागज, कलम और विचार जब यादों से मिले तब कहानियाँ निकली और किरदारों ने जनम लिया। ये कहानियाँ मेरे काफी पहले के लिखे हुए प्रसंग हैं, जो समय और आत्म विश्वास की कमी की वजह से डायरी में बंद रह गए। मेरी कहानियाँ दिल के करीब हैं, लेकिन सारे किस्से और पात्र काल्पनिक हैं। हर कहानी एक जज्बे या भाव से जुड़ी है। हर पात्र स्वयं से या परिवार से या समाज से जूझ रहा है, लेकिन अपने दम पर। हर किरदार, अपनी मंजिल तक पहुँच ही जाता है अंत में। हर किरदार की सोच, उसकी बात, उसके फैसले उसके अपने हैं। किरदारों पर, कहानी का अंत होने तक लेखिका का भी जोर नहीं रहता, क्यूंकी हर कहानी को निभाना किरदारों का दायित्व है ना की लेखिका का.... आशा है की मेरी पिछली किताब 90s का इश्क की तरह इसको भी आपका प्यार मिलेगा।

पावती (स्वीकृति)

पावती (स्वीकृति)

यह कहानियाँ कल्पना में घटी घटनाओं और लेखक के स्वयं के अनुभवों का मिश्रण है। कहानियों में आए सभी पात्र , नाम और घटनाएँ लेखक की कल्पना पर आधारित हैं।

इस पुस्तक के सर्वाधिकार सुरक्षित हैं । लेखक की लिखित अनुमति के बिना इसके किसी भी अंश की फोटोकापी एवं रिकॉर्डिंग , किसी भी माध्यम से,अथवा पुनः प्रयोग की प्रणाली द्वारा , पुनः उत्पादित या संचारित-प्रसारित नहीं किया जा सकता है।

आमुख

मेरे पिता और मेरी एनी के लिए- जिन्होंने मुझे सिखाया, देखो, सुनो , समझो, पर, करो अपने दिल की...........

1

पहली फुरसत: तुक्का

हाथों से रेत की तरह ज़िंदगी फिसल रही थी, अस्पताल के बिस्तर पर लेटे लेटे एक बात तो अच्छी तरह समझ आ गई थी की चाहे उम्र कुछ भी हो, , चाहे हर इच्छा लगभग पूरी हो गई हों लेकिन सब कुछ छोड़ कर जाना आसान नहीं। मेरी उम्र अभी 25 साल की है, लेकिन ज़िंदगी को इतने करीब से देखकर लगता है, जैसे बड़ा लंबा तजुर्बा हो गया है मुझे। रेडियो पर बजते हुए गाने पर ध्यान गया तो लगा कोई समझे ना समझे किशोर कुमार शायद काफी पहले ये समझ गए थे- ज़िंदगी कैसी है पहेली हाय – कभी तो हँसाए , कभी तो रुलाये। अपनी पूरी ज़िंदगी हमेशा अपनी शर्तों पर बिताई, जब कुछ नहीं था तब भी और आज जब इतना कुछ है तब भी। कितने लोग आए, गए, कुछ आज भी साथ हैं, कुछ बिछड़ गए, लेकिन ज़िंदगी अपनी रफ्तार पर चलती रही। दवा का समय हो गया था, अभी डॉक्टर राउण्ड पर आएंगे, मेरे सामने अंग्रेजी में नर्स से बात करेंगे और आगे बढ़ जाएंगे, शायद उन्हे ये गलतफहमी है की मुझे अंग्रेजी नहीं आती या शायद मुझे कुछ सुनाई नहीं पड़ता। पहले गुस्सा आता था, पर अब हंसी आती हैं। मैं भी निर्विकार ढंग से लेटा हुआ उन्हे मेरे बारे में बातचीत करते हुए सुनता रहता हूँ। ऐसा कुछ नया वो मुझे क्या ही बात देंगे, जो मुझे पहले से पता नहीं। तीन महीने से यहीं

लेटा हूँ, अस्पताल के सारे लोग अब मुझे अच्छी तरह जानते हैं, पहले मुझे बेड नंबर के हिसाब से बुलाते थे पर अब तो नाम से जानते हैं सब मुझे। यहाँ का रूटीन, तीन महीनों मे एक दिन भी मैंने बदलते हुए नहीं देखा। ठीक 8 बजे दिन की ड्यूटी वाले लोग आ जाते हैं, फिर वो रात वाली ड्यूटी वालों के साथ राउण्ड लेते हैं, थोड़ी देर सब आपस मे गप्प मारते हैं। कभी कभी तो उनकी चटपटी बातें सुन कर मुझे भी बड़ा मज़ा आता है। मरीजों के अलावा ,डॉक्टर लोगों की बातें , आया लोगों की बातें, घर -परिवार की बातें सब कुछ और सब तरह की बातें करते हैं। लगभग एक घंटे की कवायद होती है ये। कभी कभी सब ठीक रहता है, कभी कभी कोई मरीज सीरीअस हो जाता है इस बीच मे, तो सब कुछ छोड़कर ये लोग उसकी देखभाल मे लग जाते हैं। पर इनकी वजह से हमेशा चहल – पहल बनो रहती है। फिर 9 बजे तक एक एक करके डॉक्टर आते हैं राउण्ड के लिए, हर मरीज को चेक करते हैं, उनकी रिपोर्ट चेक करते हैं और आगे बढ़ते जाते हैं, ऐसा लगता है जैसे कोई टिकट कोल्लेक्टर हों, हर मरीज का टिकट चेक करके उसपर ठप्पा लगाकर उसे आगे उसकी मंजिल तक जाने के लिए मंज़ूरी देते हों। कई बार उनके जाने के बाद मैं, उनके पीछे पीछे सब मरीजों को चेक करने भी जाता था, उनकी नकल उतारता हूँ और सारी नर्से और मरीज भी हँसते रहते थे। पर, अब चलना जरा मुश्किल हो गया है। डॉकटरों का कहना है की कैंसर पूरे शरीर मे फैल गया है और हड्डियाँ भी अब उसका शिकार हो गई है।सबसे मोटी फाइल है मेरी यहाँ, अपनी रिपोर्ट मुझे खुद याद रहती हैं। पर, अब मैं उन पर ज्यादा ध्यान नहीं देता। नहीं।। ऐसा नहीं है की मैं जीना नहीं चाहता, लेकिन अब जीने की जिद नहीं करता, जितना मिल गया उसी को मुकद्दर समझ लिया है। लड़- लड़ कर , ज़िंदगी से हार कर एक- एक सांस के लिए अब जिद नहीं करता। सब लोग हैं घर पर, मा, बाप, भी, लेकिन उनकी आँखों के सुनेपन को देखने से अच्छा है की मैं अस्पताल में रहूँ । यहाँ , मेरे जैसे कई है और घर पर हमेशा लगता है की जैसे उनकी ज़िंदगी मेरी वजह से रुक गई है। नहीं, वो कुछ नहीं कहते पर उनको देखकर मेरा विश्वास डगमगा जाता है । विश्वास की मेरी सांसें इतनी ही हैं, मेरी ज़िंदगी अब तुक्के पर चल रही है। जब तक तुक्का लगता रहे

चलता रहूँगा। उनके साथ और जीने का मन करता है, ज़िंदगी से भीख मांगने का मन करता है।कल रात से बहुत आवाज़ें हो रही थी, शायद कोई नया मरीज आया है। शायद ज्यादा सीरीअस है, एक बार सोचा , थोड़ा उठकर देखूँ लेकिन फिर सोचा उठने के चक्कर में गिर गया तो उस मरीज को छोड़कर इनको मेरी देखभाल करनी पड़ेगी। खुले हुए दरवाज़े से सुनने की कोशिश कर रहा था,कौन है, क्या हुआ है, कितना सीरीअस है? लेकिन ठीक से कुछ भी सुनाई नहीं पड़ रहा था। किसी ने दरवाजा बड़ी जोर से आकर बंद कर दिया। बड़ी बेचैनी हो रही थी, ऐसा लग रहा था मानो कोई अपना हो, पहले ऐसा कभी महसूस नहीं हुआ था। मैंने जोर से बेल बजाई , बड़ी देर तक कोई नहीं आया, मैंने दोबारा बेल बजाई। एक नर्स दौड़ती हुई आई - क्या हुआ? अभी बेल मत बजाओ, बहुत ईमरजन्सी चल रही है। बड़े प्यार से पूछा – इसलिए तो बेल बज रहा हूँ- कौन है, क्या हुआ है? कुछ तो बात दो। नाटकीय गुस्सा दिखते हुए नर्स बोली- चुपचाप सो जाओ । ज्यादा दिमाग मत लगाओ, कहा ना सीरीअस है। वो चली गई, लेकिन मुझे तो बड़ी बेचैनी हो रही थी। धीरे से पकड़ कर उठा और दरवाजा खोल कर देखा- बगल वाले कमरे में एक बच्ची आई थी, शायद गिर गई थी। बहुत खून बह रहा था, उसकी माँ और घरवाले बाहर खड़े हो कर रो रहे थे। डॉक्टर और नर्स परिवार वालों को समझा रहे थे, लेकिन माँ पर कोई असर नहीं हो रहा था। वो खुद को दोष दे दे कर रोए जा रही थी । एक आदमी बदहवास सा घूम रहा था, शायद वो बाप होगा। कभी अकेले जाकर खड़ा हो जाता, कभी अपनी पत्नी के पास और कभी डॉक्टर के पास जाकर खड़ा हो जाता। वो रो नहीं रहा था, पर घबरा रहा था। ये डर मैं कभी – कभी अपने बाप की आँखों में भी देखता हूँ, जब वो मेरे सामने आकर जबरदस्ती मुस्कुराने की कोशिश करते हैं। माँ का ठीक है, वो बीच बीच मे रो कर हल्की हो जाती हैं। मैंने अपना दरवाजा बंद कर दिया, बिस्तर पर लेट कर अपना तुक्का लगाया, अगर, सुबह बारिश हो गई तो ये लड़की बच जाएगी। कब आँख लग गई , पता नहीं चला ? सुबह , जब आँख खुली तो बड़े डरते हुए मैंने दरवाजा खोला । बारिश को नामो – निशान नहीं था, लेकिन बाहर शांति थी। स्टील की कुर्सियों पर परिवार के लोग अभी भी बैठे थे। मैंने बड़े प्यार से सामने

से जाते हुए सफ़ाईवाले को बुलाया- भाई क्या हुआ? वो जो लड़की रात मे आई थी, उसका क्या हुआ? उसने मुस्कुरात हुए बोल- बच गई, बहुत कम उम्मीद थी, लेकिन किसी की दुआ लग गई । मैंने चैन की सांस ली। फिर खयाल आया, बारिश तो हुई नहीं, लेकिन चलो लड़की तो बच गई। जाते- जाते, उसने मुस्कुरा कर बोल- अच्छा हुआ कल रात सारे दरवाजे और खिड़कियां ठीक से बंद थी वरना, बिन मौसम की बारिश ने हर जगह कीचड़ कर दिया होता। पता नहीं, कल बारिश कैसे हो गई? और मैं मुस्कुरा दिया- मेरा तुक्का लग गया।

2

दूसरी फुरसतः सपना

सपनों की कोई उम्र नहीं होती, आप जब चाहें तब सपना देख सकते है। किसी भी उम्र में, किसी भी समय, सोती या जागी हुई आँखों से। लेकिन, हर सपना पूरा हो इसकी शर्त लगाना ठीक नहीं क्यूंकी तब दर्द होता है, सपने जब टूटते हैं तब, जब पूरे नहीं होते तब, जब कोई और उन्हे चुरा लेता है तब भी। इसलिए सपने देखने में बुराई नहीं, गलत है उन को पूरा होने की शर्त लगाना। आनंदी ने अपनी पूरी ज़िंदगी एक ही सपना देखा -शादी का सपना। राजकुमार जैसे लड़के से, पूरी धूम धाम के साथ, नए कपड़े, नए गहने, संगीत, मेहंदी, सब कुछ। कारण जौहर की फिल्में देख कर, सारी प्लैनिंग भी करी । बार- बार अपने कपड़ों और गहनों के बारे में सोचा। माँ तो बचपन मे गुजर गई थी, लोगों के घरों मे बर्तन साफ करने का काम करती थी वो। घर पर कोई नहीं था, बाप का उसे पता नहीं था। सालों से , जहां तक उसे याद है, वो घरों में झाड़ू, पोंछ और बर्तन साफ करने का काम ही कर रही थी। सारी कालोनी को पता था, की कमाल का काम करती है वो। लेकिन शादी, ब्याह का कोई सीन आ जाए तो टीवी के आगे से वो हिलेगी नहीं। सभी मज़ाक उड़ाते थे, कालोनी के साहब और मेमसाहब से लेकर, बाकी की बाइयाँ , यहाँ तक की चौकीदार भी। सभी हमेशा एक ही बात पूछते थे- मिल गया राजकुमार? कब है तेरी शादी? आनंदी, बिना बुरा माने, हर बार मुस्कुरा कर जवाब देती--- आएगा, आएगा, जब आएगा, तब शादी

में सबको बुलाऊँगी। लहंगा पहनूँगी, गहने पहनूँगी, मिठाइयां बनेगी, पकवान बनेगा, धूम धाम से बारात लेकर आएगा वो- सब देखते रह जाओगे। लोग हंस कर आगे बढ़ जाते और वो अपना पूरा सपना सुनती रहती। जैसे – जैसे वो बड़ी होती गई, उसका सपना और मजबूत होता गया। सबकी प्यारी थी वो, बड़ी कर्मठ और ईमानदार। रंग सांवला और नैन- नक्श ठीक ठाक थे।हर समय मुसकुराती और गुनगुनाती रहती थी। काम मिनटों मे खतम करके, टीवी के आगे बैठ जाती थी। शादी की उम्र हो गई थी, लेकिन शादी के लिए लड़का कौन देखेगा ? घर पर तो कोई था नहीं, इसलिए आनंदी ने ये जिम्मा भी खुद पर ले लिया। बड़ी बारीकी से उसने कालोनी के सारे ड्राइवर , काम करने वाले, यहाँ तक की चौकीदार को भी परखना शुरू किया। कोई भी, लेकिन उसके मापदंडों मे खरा नहीं उतर रहा था। कालोनी के बाहर फूल वाले का लड़का उसे घूरता रहता था, देखने मे सलमान खान नहीं था, लेकिन ठीक ठाक ही था। सारा फोकस, आनंदी ने उस पर ही लगा दिया। मुसकुराना और इतराने के अलावा, बीच – बीच में हलवा भी बना कर दे आई। कभी – कभी मुस्कुरा कर दो बातें भी कर ली। आखिर मेहनत रंग लाई और लड़के के घर वालों ने हाँ कर दी। अपनी शादी की पूरी तैयारी बड़ी जोर- शोर से करी उसने। जितने पैसे आज तक जोड़े थे, वो सब लगा दिए। एक एक समान खुद जाकर खरीद कर लाई, रविवार के हाट से खरीद कर सबसे अच्छा लहंगा, गहने, मैक उप का समान, ऊंची हील वाली सैन्डल और ना जाने क्या क्या। हलवाई को बोल कर पूरी, सब्जी, पुलाव और रसगुल्ले भी बनवाए। हर घर से अड़वान्स पैसा लिया ताकि कोई कमी ना रह जाए। सबने दिल खोल कर दिया भी। सबकी प्यारी जो थी। काफी धूम, धाम से शादी हुई। बिदाइ के समय सबके गले लग कर रोई भी, और सबसे ज्यादा पैसे तो फोटोग्राफर ने ले लिए। लेकिन उसने भी वादा किया था की एकदम हेरोइन वाली फोटो निकलेगा। वैसे तो विदा होकर बस अगली गली मे ही जाना था, लेकिन हर एक रस्म, हर एक चीज का पूरा ध्यान रखा था उसने। ससुराल पहुंची तो वहाँ पर भी हर रस्म मे बढ़ – चढ़ कर हिस्सा लिया। रात मे सबके लिए खीर, पूरी बनाई और खुद ही सुहाग की सेज तैयार कर, पूरे फिल्मी अंदाज मे घूँघट निकाल

कर अपने पति का इंतज़ार करने लागि। काफी रात बीत गई थी, सारे रिश्तेदार सो गए थे, लेकिन उसका पति अभी तक घर नहीं आया था। बारात मे जी भर के उसको देख भी नहीं पाई थी, मारे शर्म और लोक लाज के सर उठा कर बेशर्मों की तरह अपने दूल्हे को ताड़ तो नहीं सकती थी। रात गहराती जा रही थी और उसका नया नवेला दूल्हा गायब। उसने तो सारे फिल्मी सीन भी याद कर लिए थे की सुहागरात के दिन क्या क्या होगा? कब आँख लग गई पता ही नहीं चल। किसी ने जोर से दरवाजे को लात मारी , तो नींद टूट गई, उसका पति शराब पीकर , नशे मे धुत्त, दरवाजा खोलने की कोशिश कर रहा था। ठीक से खड़ा भी नहीं हो प रहा था। उसने आगे बढ़कर उसे पकड़ने की कोशिश करी तो उसने धक्का दे दिया- दूर हट। अचानक धक्का लगने से वो अपने आप को संभाल नहीं पाई और उसका सर दरवाजे से टकरा गया, सर पर चोट लग गई, खून बहने लगा। उसने अपने हाथ से सर को पकड़ा और वहीं बैठ गई – लो हो गया स्यापा, अब ये निशान रह जाएगा। उसने पति को वहीं पड़े रहने दिया और खुद जल्दी से अपना मैक उप दोबारा दुरुस्त करके पलंग पर बैठ गई। उसने एक बार अपने जमीन पर पड़े हुए पति की ओर देखा , फिर खुद ही अपना घूँघट उठा कर, किसी पुरानी देखि हुई फिल्म की तरह सुहागरात के सपने देखने लागि। कम से कम सपनों मे तो उसकी शादी एकदम परफेक्ट थी। और सुहागरात तो बिल्कुल धिंचाक।

3

तीसरी फुरसत: बरतन

'फिर तुमने काम वाली को घर के बर्तन मे बच हुआ खाना दे दिया'-
श्रीमती पांडे ने चिल्लाते हुए अपनी बहु से कहा। उनको बिल्कुल पसंद
नहीं था की घर के बर्तन काम वाली बाई के घर जाएँ। अरे , जात- पात
भी कोई चीज होती है। अब, इन शहर वालों का क्या है- ये तो कुछ मानते
ही नहीं। पर, ऐसे तो चलेगा नहीं , जब तक वो यहाँ पर है। श्रीमती पांडे,
अपने बेटे और बहु के घर आई थी, बहु की डेलीवेरी के लिए। एक ही
बेटा है उनका। सारे देवी देवताओं की मनौती मान राखी थी उन्होंने की
पोता ही होगा। हर टोटका भी अपना रखा था। सारी गायों को रोटी खिला
रही थी, बहु के हल्दी बांध दी थी और काला टीका भी लगा के रखा था।
अब तो बस डायरेक्ट भगवान से बातचीत ही रह गई थी, वरना अपनी
तरफ से कोई कसर नहीं छोड़ी थी उन्होंने। बहु नौकरी करती थी, इसलिए
थोड़ा परेशान थी। ऐसी अवस्था में कौन नौकरी करता है। घर पर आराम
करना चाहिए, लेकिन बहु तो छोड़ो , बेटा भी ये बात मानने को राजी नहीं
था। कहता है- शहरों में एक आदमी की कमाई से कुछ नहीं होता, दोनों
को काम करना जरूरी है। छुट्टी भी गिनती की है इसलिए अभी से छुट्टी
पर नहीं बैठ सकते। बाई, फटाफट सारे काम निपटकर चली गई और
जाते – जाते पूछा- माताजी, चाय पियेंगी तो बना दूँ? अरे भगवान, तेवर

तो देखो महारानी के, अब इनके हाथ की चाय भी पीनी पड़ेगी। सौ बार गंगाजल से नहाना पड़ेगा फिर तो। अरे , ये लोग तो पीते होंगे, इसलिए तो वो बोल रही है। खुद भी उनके साथ ही पीते होंगे। उन्होंने मुँह बनाते हुए उत्तर दिया- नहीं हमे ना पीनी चाय।बाई के जाते ही उन्होंने दरवाजे बंद कर लिए। घर तो मानो काटने को दौड़ता है। शुरू मे उन्होंने, आस पास के लोगों से बात करने की कोशिश कड़ी थी, लेकिन कोई ठीक से जवाब ही नहीं देता। सब के घरों में तो जब देखो तब ताले ही लगे रहते हैं। ना कोई बात करने वाला, ना हंसने, बोलने वाला। पूरा दिन दीवार ताकते बैठे रहो। बेटा, बहु तो सुबह के निकलते है और शाम तक आते हैं, फिर बहु खान बना कर, सबको खिला कर, अपने कमरे में चली जाती है और बेटा तो ऑफिस से आने के साथ ही टीवी के आगे बैठ जाता है। जो भी पूछो, हम्म, हाँ मे जवाब देता है बस। ना कोई साथ, ना संगी, ना कोई रिश्तेदार। मुआ टीवी भी कब तक कोई देखे। आठवी मंजिल पर टंगे रहो बस, नीचे झाँकने से भी दम फूलता है। एक महीने से इसी कैदखाने में बैठे- बैठे समय निकाल रहा है बस। बहु, तो कहती है की किसी से बात करो, कुछ जान – पहचान निकलो, आप तो सच मे बहुत बोर हो रही हैं, पर, भैया किस्से बात करें। अपनी बैल्कनी मे खड़े – खड़े जिसको भी मुस्कुरा कर देखो, वही आँखें तरेर लेता है। बड़े बड़े शहरों के चोंचले हैं ये सब। एक महीने से सबसे प्यार से ये बाई ही बात करती है। लेकिन श्रीमती पांडे ने आज तक कोई बात करी नहीं उससे। चाय की तलब लगि थी, आज सुबह एक कप चाय ही पी थी, समान ढूंढ रही थी की तब तक बाई फिर आ गई- माताजी, चाय का समान ढूंढ रही हो क्या? लाओ मैं बना दूँ। भाभी और भैया को तो मेरे हाथ की चाय बहुत पसंद है। आप भी पियोगी तो बहुत खुश हो जाओगी। श्रीमती पांडे ने मन मसोसते हुए हाँ कह दी। सोचा - उसके जाने के बाद सारे बर्तनों को और गैस को गंगाजल से धो देंगी। चाय तो सचमुच लाजवाब बनाई थी उसने। पी कर एकदम ताज़ा हो गया दिमाग। आराम से बैठ कर चाय पीने का मज़ा ही कुछ और है। बैल्कनी में जा कर बैठी तो बाई भी वहीं आ गई। लाओ माताजी जरा पैरों में तेल लगा दूँ। वाह वाह, ठीक है लगा दे- कह कर श्रीमती पांडे आराम से सोफ़े पर बैठ गई। एक कप चाय उनके हाथ में थी और एक

ग्लास मे बाई ने चाय पकड़ रखी थी, उसके बाद जो बातों का सिलसिला चालू हुआ तो समय का ध्यान ही नहीं रहा। सारी कालोनी की ताज़ा गप्प उसको पता थी, सबके घरों के बारे में चटपटी कहानियाँ सुनकर मज़ा आ गया। बड़े दिनों के बाद दिल खोल कर हंसने का मौका मिल था। शाम ढलने लागि थी, बाई , उठ गई- अरे माताजी, आज तो देर हो गई। बड़े दिनों बाद कोई अपनी तरफ का मिला है ना, वरना यहाँ तो सब अपनी अपनी ज़िंदगी में ही रहते हैं। घर का बाकी का काम निपटा कर वो चली गई। अरे , अपना चाय का कप तो यहीं छोड़ गई- श्रीमती पांडे ने मुस्कुरा कर कप को उठाया और अपने कप के बगल में सजा दिया। कल की चाय और गप शाप के इंतज़ार में।

4

चौथी फुरसतः सास-बहु

लीना ने लव मेरिज की थी, सपनों के राजकुमार से। आर्यन से ज्यादा स्मार्ट और लविंग बॉयफ्रेंड किसी का नहीं था कॉलेज में। उनके प्यार के चर्चे पूरे कॉलेज में मशहूर थे। एक दूसरे के साथ कीये गए हर वादे को उन्होंने जान से बढ़कर निभाया था। पूरे परिवार और समाज के सामने डट कर खड़े रहे और आखिर परिवारवालों को उनकी जिद के आगे झुकना पद और उनकी शादी बड़ी धूम – धाम से हुई। हमेशा- हमेशा ये प्यार बना रहेगा और हमेशा- हमेशा वो यूं ही बाहों में बाहें डाले अपने प्यार के सपने बुनते रहेंगे। शादी के दो सालों तक सब अच्छा था। फिर, नौकरी की वजह से दोनों को अलग अलग रहना पड़ा , साथ में नन्हे आरव की जिम्मेदारी भी आ गई, और प्यार ना जाने कहाँ चल गए। परिवार, नौकरी, काम की जिम्मेदारियों के बीच में प्यार का मतलब सिर्फ फोन पर बातें करने और एक दूसरे से लड़ाई में ही बाँट कर रह गया था। दोनों की नौकरियां मुश्किल थी। कई बार ऐसा लगता था, की, काश अलग अलग ही ज़िंदगी जीते तो कितना अच्छा होता। लीना का मूड आज खराब था- आर्यन की फिर वही जिद की मेरी ममी को बुलाओ आरव के साथ रहने के लिए। आयरन की ममी के आने का मतलब था- मोना पर दोहरा स्ट्रेस। एक तो नौकरी, ऊपर से आरव की जिम्मेदारी ,

फिर मम्मी के ताने, क्यूंकी, उन्हे तो लगता है की मोना को घर चलना ही नहीं आता। आते ही पूरे घर, रसोई का मुआइना करेंगी और कई गलतियाँ निकाल देंगी।बच्चा सिर्फ मेरे अकेले का है क्या? आर्यन को तो कोई जिम्मेदार मानता ही नहीं है। सारी जिम्मेदारी बस मेरी है। इसी उधेड़बुन में कब ऑफिस पहुँच गए पता ही नहीं चला। गुस्से के मारे कुछ खाया भी नहीं, भूख से गुस्सा बढ़ रहा था। ये शायद न्यूटन का सिद्धांत है- गुस्से और भूख का रिश्ता। आयरन, बार- बार फोन कर रहा था और मोना बार- बार फोन काट दे रही थी। शाम को घर आते समय भी यही उधेड़बुन चल रही थी दिमाग में। अगले दिन संडे था, इसलिए थोड़ा अच्छा लग रहा था। घर पहुच कर पता चल, बाई 4 दिन के लिए गाँव जा रही थी। अब, आर्यन को कौन संभालेगा? आखिर उसने अपनी सास को फोन लगा दिया, जो होगा देखा जाएगा। मम्मी ने दो रिंग में ही फोन उठा लिया। मोना के अपनी सास के साथ संबंध अच्छे थे, पर, कभी एक साथ रहने का संजोग नहीं हुआ था। वो, एक स्कूल में प्रिन्सपल थी और 5 साल पहले रिटाइर हो गई थी। ससुरजी के देहांत के बाद अपने घर पर आराम से रह रही थी। आर्यन उनका एकलौता पुत्र था, पर, स्वयं आत्म निर्भर थी, काफी सक्षम थी। शादी के बाद से, हर समय उनकी इतनी तारीफ सुनती आ रही थी , की वो सास से ज्यादा कम्पेटिटर लगने लागि थी। इसलिए थोड़ी दूरी बना कर रखी थी उसने। अपनी सास से बड़ी ही मधुर आवाज में इधर – उधर की बातें करने के बाद , लीना ने सीधे ही पूछ लिया की क्या वो कुछ दिनों के लिए उसके पास आ कर रुक सकती हैं? आरव को संभालने के लिए बहुत दिक्कत हो रही है। उसकी अपेक्षा के विपरीत उन्होंने तुरंत हाँ कर दी। बल्कि, उन्होंने आनन फानन में अपने टिकट भी कर लिए, ताकि वो, लीना के ऑफिस खुलने के पहले घर पहुच कर आरव और घर की जिम्मेदारी संभाल लें। फोन रख कर, बड़ी देर तक लीना सकते में बैठी रही। उसने तो अपनी सास की कुछ और ही इमेज बना रखी थी अपने मन में। मम्मी ने घर पहुचते ही पूरा घर संभाल लिया, आरव भी उनसे ऐसे हिल गया जैसे कोई मंत्र फूँक दिया हो। सुबह जाते समय, भरपूर नाश्ता, टिफ़िन और घर लौट कर एकदम व्यवस्थित घर और आरव भी इतना हँसता हुआ मिलता था। ऑफिस में

उसका काम बढ़ गया था, लेकिन मूड बहुत अच्छा रहता था। शाम को सास- बहु बैठ कर थोड़ी गप्प लगाते, फिर टाइम पर सो जाते। दिन इतने अच्छे बीत रहे थे, की समय का पता ही नहीं चल रहा था। आखिर एक दिन उसने पूछ ही लिया- आप सब कुछ इतनी आसानी से कैसे कर लेती हैं? आप को देखकर लगता ही नहीं की कभी आपको घर चलाने में या बच्चों को संभालने में कोई परेशानी हुई होगी? आप इतनी परफेक्ट कैसे हैं? वो हँसते हुए बोली- बस- बस, चने के झाड़ पर मत बिठा मुझे। हर औरत इसी तरह घर संभालती है। मैंने भी हजारों गलतियाँ कड़ी, उनसे सबक सीख और तब कुछ ठीक करने लागि। जहां आज तुम खड़ी हो, वहीं मैं भी थी। परिवार, बच्चे , रिश्तेदार सबकी जिम्मेदारियों के बीच कुढ़ते और पिस्ते हुए, कई साल निकाल दिए। घर और ऑफिस का बैलन्स बनाना सुनने में जितना आसान लगता है, करने में उतना ही मुश्किल है। सबकी अपेक्षाओं पर खरा उतअरने और आइडील बहु, पत्नी और मा के रोल को निभाते- निभाते खुद के किरदार को जीना ही भूल गई थी। तेरे पापा जी के जाने के बाद समझ आया की कितने साल और अपनी उम्र का कितना हिस्सा यूं ही निकाल दिया भागते- भागते। कभी दो पल चैन से बैठा नहीं, तभी सोचा की कम से कम अपनी बहु या बेटी को ये जरूर समझाऊँगी की खुद के लिए समय निकलोगी तो परिवार और बच्चों के लिए भी समय निकल आएगा। काम में ज्यादा दिल लगेगा, जब खुद अंदर से खुश रहोगी। बेटा, काम तो वही है, दुनिया भी वही है, बस, खुद को बदल कर देखो, अपना अंदाज और अपना नजरिया बदल कर देखो, सब कुछ ठीक हो जाएगा। खुद से प्यार करो बेटा, सारे रिश्ते अपने आप सुलझ जाएंगे। कहते- कहते उनकी आँखों में आँसू आ गए। बेटा, मुझे ये बातें देर से समझ आई, तू, जल्दी समझ लेना- हमेशा खुश रहेगी। लीना , ने उन्हे गले लगा लिया।

5

पाँचवी फुरसत: कोरोना

अस्पताल में लेटे लेटे कमर दुख गई थी। सबको बोला एक बार परिवार से बात करा दो, कोई सुनता ही नहीं। सुनेंगे भी कैसे, अजीब से कपड़े जो पहन रखे हैं। इन कपड़ों के अंदर से ना दिखता होगा, ना सुनाई पड़ता होगा, शायद खाना भी नहीं खा पा रहे होंगे। पानी तो बिल्कुल नहीं पीते हैं ये लोग। सबसे ज्यादा तो आफत इन नर्सों की है, डॉक्टर तो दिन में एक बार आता है, पर ये तो पूरा दिन यहीं रहती हैं। बड़ी अच्छी हैं, बस इनसे ही बात करके थोड़ा ठीक लगता है। वर्मा जी अस्पताल की छत को ताकते हुए यही सब सोच रहे थे की नर्स ने आकर बोला घर से खाना आया है आज उनके लिए। आत्मा तक तृप्त हो गई, लेकिन खाना आते आते 2 घंटे लग गए। नर्स ने बताया की खाने का डिब्बा पूरी तरह साफ करके ही मंगाया है, इसलिए देर हो गई। डिब्बा खोलते ही दिल खुश हो गया। पूरी, सब्जी, मिठाई, पुलाव, सब कुछ उनकी पसंद का। लगभग एक महीने के बाद इतना अच्छा खान नसीब हुआ था। खाना ,उनकी पत्नी के हाथ का तो नहीं था, क्यूंकी स्वाद और खुशबू अलग थी, लेकिन खाना था बाद स्वादिष्ट। उनकी पत्नी, श्रीमती निर्मल, नाम से ही नहीं, हृदय से भी निर्मल और सीधी- सादी घरेलू महिला थी। जब से ब्याह कर लाए थे, कभी ऊंची आवाज में ना बोली, ना कोई बहस करी । अपने पति को

परमेश्वर मान कर सारी ज़िंदगी निकाल दी। अस्पताल में लेटे लेटे जब भी वर्मा जी को उनका खयाल आता, वो यही सोचते की उन्होंने अपनी पत्नी को कभी उतना मान नहीं दिया , जितना उनका हक था। जब वो घर पर बीमार पड़े थे, उनकी पत्नी ने उनकी बहुत सेवा करी , यहाँ तक की उनको अस्पताल में भर्ती करने के लिए भी आई। वर्मा जी को सांस लेने में तकलीफ थी और बुखार उतरने का नाम नहीं ले रहा था, इसलिए श्रीमती जी रिक्शे में लाद कर जल्दी अस्पताल ले आई उन्हे। पता नहीं कैसे किया होगा उसने ये सब। दोनों लड़के विदेश में हैं, और दोनों से वर्मा जी की नहीं बनती। जानते हैं की दोनों अपनी मा से सारी बातें करते हैं, । उनकी पत्नी उन्हे कुछ नहीं बताती। ना कभी कोई शकायत करती हैं। दोनों को पढ़ने के लिए वर्मा जी ने ही बाहर भेज था, बड़ा गर्व था इस बात का उन्हे। सबको बताते रहते थे की उनके दोनों बेटे विदेश में हैं।दोस्तों और रिश्तेदारों की महफ़िल में तो बड़े ही गर्व से वो ये बताते थे की उनके बेटे विदेश में किस शहर, किस देश में हैं। क्या खाते हैं, क्या करते हैं, कोई फोन आते ही जरा ऊंची आवाज में बोलते थे की आस पास वालों को भी पता चले की उनके लड़के विदेश में हैं। समय के साथ चीजें बदलने लागि। दोनों लड़कों ने अपनी मर्जी से शादी कर ली विदेश में, उनके मना करने के बावजूद। उन्होंने लड़कों से सारे संबंध तोड़ दिए। पत्नी ने तब भी कुछ नहीं कहा। कई दिनों तक रात में उसकी सिसकियाँ उन्होंने भी सुनी, पर सुबह की चाय देते समय एक बार भी उसकी पलकें गीली नहीं दिखी। रिटाइअर्मेन्ट के बाद भी उनकी दिनचर्या का पूरा खयाल रखती थी उनकी पत्नी । सुबह की मार्निंग वाक, चाय से लेकर रात में खाने के बाद दूध का ग्लास हाथ में पकड़ाने तक।यहाँ काम कर रहे डॉक्टर और नर्सों को देखकर उन्हे ये एहसास हुआ की वो तो रिटाइर हो गए पर उनकी पत्नी तो अभी भी ड्यूटी कर रही है, वो तो ना रिटाइर हुई ना उसने छुट्टी ली। मौत को इतने करीब से देखकर उन्हे ज़िंदगी और रिश्तों की कीमत पता चल गई थी। उन्होंने फैसला कर लिया था की यहाँ से निकलते ही, अपनी पत्नी को उसके हक का सम्मान जरूर देंगे और अपने बच्चों से टूटे हुए रिश्तों को जोड़ने की पहल करेंगे। पत्नी को घुमाने ले जाएंगे और सुबह की चाय भी बना कर पिलाएंगे। अब ये जो ज़िंदगी वापस मिली है,

उसे अपनी पत्नी के साथ खुशी खुशी बिताएंगे। अपने बिखरे परिवार को फिर से एक कर देंगे, पत्नी को किसी शिकायत का मौका नहीं देंगे। रात वाली इयूटी पर जो नर्स है, वो बड़ी प्यारी है, बहुत प्यार और समान से बात करती है, उसको आज बोलूँगा की मेरी बात करवा दे श्रीमती जी से। अब तो आक्सिजन सिलिन्डर के बिना भी सांस अच्छे से आ रही थी। ज़िंदगी ने दूसरा मौका दिया था , इसका सदुपयोग करना है अब कोई कुछ भी कहे वो सिर्फ अपनी पत्नी का साथ देंगे। उनका बेटा और बहु उन्हे लेने के लिए आ गए थे, उन्होंने पत्नी के बारे में पूछा तो बेटा बोला की वो घर पर मिलेंगी। सारे अस्पताल के लोगों को धन्यवाद देकर जब वो घर पहुचे तो देखा मंदिर वाले कमरे में उनकी पत्नी की माला चढ़ी हुई तस्वीर टंगी थी। उनके पांव लड़खड़ा गए, बेटे और बहु ने थाम लिया। बेटा रोते हुए बोल, पापा, आपके अस्पताल में भर्ती होने के दो दिन बाद ही माँ के देहांत हो गया था, लेकिन उन्होंने मरने के पहले, मुझे फोन करके हिदायत दे दी थी कि आपको कुछ ना बताया जाए और ना आपकी सेवा में कोई कमी हो। माँ मरते हुए भी अपनी पूरी इयूटी निभा रही थी। वर्मा जी भरभरा कर जमीन पर गिर गए और मैं बस यही बोल रहे थे रोते- रोते की कोरोना की वजह से जब उनकी आँख खुली तब जिसके लिए अब वो जीना चाहते थे, उसीने आँख बंद कर ली।

6

छठी फुरसत: पछतावा

ज़ोरों की बारिश हो रही थी। एक हाथ से छाता और दूसरे हाथ से ऑफिस का बाग संभालते हुए चलना पड़ रहा था। ऊपर से जगह जगह भरे हुए पानी के गड्ढे और भागते हुए लोग। मैं, सड़कों, सरकार, म्यूनिसपैलिटी सबको कोसते हुए चल रहा था। निगाह ऊपर कम और नीचे ज्यादा थी। अचानक, कोई आकर टकरा गया। ऑफिस का बैग हाथ से छूटकर गिर गया। गाली देने के लिए सर ऊपर किया तो, बारिश में भीगी हुई एक मोहतरमा बदहवास सी दिखाई दी। औरत, वो भी भीगी हुई, गाली छोड़ो, खुद की ही गलती का एहसास कराती है। मैंने भी खुद ही झट से सॉरी बोल दिया। कम से कम बात की शुरुआत तो होगी, सॉरी से ही सही। उसकी साड़ी आधी गीली, आधी सुखी थी, बालों से पानी की बूंदें टपक कर उसके कंधे पर गिर रही थी। एक झटके से उसने अपने बालों को खोल दिया, तो लगा घटाएँ जैसे आजाद हो गई हों। अपने बालों को हाथों से झटक कर वो सुखाने लगि तो मैंने अपना रुमाल दे दिया। आज, मन ही मन अपनी पत्नी को धन्यवाद भी दिया- इस रुमाल के लिए। रुमाल वापस करते समय उसने मुस्कुरा कर टाइम पूछा तो हमने भी तपाक से पूछ लिया की जाना कहाँ है मोहतरमा को। जो जगह उसने बताई वो मेरे घर के पास थी, इसलिए बड़ी गरमजोशी से उनको घर तक छोड़ने

का ऑफर भी दे डाला । मैं, अपनी वाइफ को फोन कर चुका था, इतनी तेज बारिश में कहाँ बसों के धक्के खाता फिरूँगा, इसलिए वाइफ को बोल था की मुझे आकर पिक कर ले। चोरी छुपे , नजर बचाकर , एक बार फिर उसकी ओर देखा तो वो सारी के पल्लू से अपना चेहरा और बाल पोंछ रही थी, ऐसा लगा जैसे, कोई झीना सा दुपट्टा, चाँद के माथे से फिसलता हुआ जा रहा हो। ऐसा नहीं है की, मैं अपनी पत्नी से प्यार नहीं करता या हमारे बीच में कोई अनबन है। हमारा रिश्ता बहुत मजबूत और प्यार भरा है, लेकिन उस दिन पता नहीं क्यूँ एक अलग सा आकर्षण हो रहा था। उसने मुस्कुरा कर पूछा, कब तक आएगा कोई आपके घर से। अगर, बस आ गई तो मैं चली जाऊँगी , आपको तकलीफ होगी। अब कैसे कहता, की तकलीफ नहीं, एक आनंद की अनुभूति हो रही है। वो तो किस्मत और हालात ऐसे हैं की लग्शरी गाड़ी की ना औकात है ना समय, वरना ऐसी हसीन औरत के साथ कोई अपनी पत्नी को लेकर तो ड्राइव पर कभी नहीं जाएगा।बस स्टॉप पर भीड़ बढ़ गई थी, हम भी काफी सट कर खड़े थे। उसके इतर की महक मेरी नाक से मेरे दिल तक उतर चुकी थी।मैंने दिल से तो उसका नाम दिलरुबा रख दिया था, लेकिन असली नाम क्या था, ये जानने की बड़ी उत्सुकता थी। इसलिए धीरे से पूछा- चाय पीयेंगी आप? आपका नाम अगर पता चल जाता तो बात करने में और आसानी हो जाती। उसने मुस्कुरा कर बोला -आनंदी - मेरा नाम। सुन कर जैसे परम आनंद की अनुभूति हो गई थी। जल्दी से पास वाले ठेले से चाय लेकर आया, तो वो खड़े होकर बाल सुख रही थी, साड़ी के पल्लू से। कुछ बूंदें मेरे ऊपर भी गिर गई। लगा,जैसे रेगिस्तान में फुहारे पड़ गई हों और रात में रजनीगंधा महक उठी हो। चाय की चुसकियाँ लेते हुए उसके होंठ मानो गुलाब की पंखुड़ी से खुल रहे हों।उसका सांवला रंग और तीखे नैन – नक्श उस पर उसकी सादगी और इस नजाकत को देखते हुए कमबख्त कोई शेर भी याद नहीं आ रहा था। काश हमारी बीवी थोड़ा और लेट आए तो इन मैडम के साथ कुछ देर और बैठ सके। चाय का कप किनारे पर रखकर उसने बड़े प्यार से पूछा- एक बार फोन करके देखिए ना, कितनी देर लगेगी आपकी वाइफ को आने में। मेरे घर से तो कोई आ नहीं सकता, वरना मैं कोई ऑटो पकड़ लूँगी । मेरा तो

दिल ही बैठ गया, इतनी बारिश में ये कमसिन हसीना, ऑटो में जाएगी । लानत है मुझ पर। मैंने तपाक से कहा- आप परेशान मत हो, मेरी वाइफ आने ही वाली है, हम आपको घर तक छोड़ देंगे। सड़क पर बारिश का पानी भर हुआ था और बारिश से जाम भी हो गया था। हमारे शहर का हाल बहुत बुरा है इस मामले में, लेकिन पोलिटिकल या किसी भी सोशल प्रॉब्लेम पर बातचीत करने के लिए बिल्कुल मन नहीं था। इस खूबसूरत मौसम में, एक खूबसूरत औरत से कोई पॉलिटिक्स तो नहीं डिस्कस कर सकता है। तभी , दूर से आती मेरी कार दिख गई- इतने जाम और बारिश में मेरी बीवी, कुछ ज्यादा ही जल्दी नहीं आगई? मैंने शायद उसे काम आँका था, इतनी बारिश में भी एकदम समय पर मेरी बीवी ही आ सकती है। दरवाजा खोलकर वो मेरे पास ऐसे दौड़ कर आई मानो मुझे किसी ने अगवा कर लिया हो और वो फिरौती की रकम लेकर आई हो। मुझे गले लगा कर, उसने बड़ी गहरी सांस ली।- चलो चलो, मैं तो डर गई थी। पूरे शहर में बुरा हाल है। मेरे कुछ बोलने के पहले उसने पूरी कहानी सुन दी। मेरे बगल में खड़ी मोहतरमा पर निगाह पड़ते ही बड़ी जोर से चिल्लाते हुए बोली- आनंदी तुम- कहाँ, कैसे? आनंदी, भी बड़ी गरमजोशी से मेरी बीवी के गले लग गई। मैं तो बस खड़ा- खड़ा देखता ही रह गया। दोनों, बचपन के सहेलियाँ थी, और साथ ही कॉलेज में पढ़ी थी। उनकी हंसी और खुशी के बीच में बस इतना ही समझ पाया मैं। मेरा भी इन्ट्रोडक्शन दोबारा कराया गया। खुद को बारिश से बचाते हुए, हम जल्दी से कार में बैठ गए, दोनों सहेलियाँ पीछे बैठ गई, तो गाड़ी चलाने की जिम्मेदारी मेरे ऊपर आ गई। उनका ड्राइवर बन कर मैं जल्दी से गाड़ी के स्टिरिंग पर बैठ गया, और गाड़ी स्टार्ट कर दी । मेरे बोलने से पहले ही मेरी मैडम बोली- पहले आनंदी को घर छोड़ेंगे, फिर चलेंगे। दोनों की बातें खतम ही नहीं हो रही थी और मैं तो ड्राइवर बना बस गाड़ी चला रहा था। अब तो कोई दिलचस्पी भी नहीं रह गई थी, कुछ भी सोचने या बोलने में। खैर, आनंदी को घर पर छोड़ कर हम आगे बढ़े, तो पत्नी आगे वाली सीट पर आकर बैठ गई।अरे , मैंने तो आनंदी को पहचाना ही नहीं, वो तो पास खड़ी थी, इसलिए पहचान पाई, वरना कितना बदल गई है वो अब। मैंने आश्चर्य से अपनी पत्नी की ओर देखा। उसने हँसते हुए कहा अरे, तुम

भूल गए- आनंदी वही लड़की है जिससे शादी के लिए तुमने मना कर दिया था ये कह कर की वो साँवली है। तुम भूल गए क्या?।। मैं सिर्फ मुस्कुरा कर रह गया।

7

सातवी फुरसत: मोटापा

मेरा वज़न पूरे 90 किलो है। कभी- कभी 94 किलो या 84 किलो भी हो जाता है पर कमोबेश 90 तो रहता ही है। ये बात 90 बार हर दिन में जताई या बोली जाती है। अपने शरीर के रक्त, थाइरॉइड, हारमोन की हर जांच में सब कुछ ठीक निकालने और कई प्रकार के नुस्खे अपनाने के बाद मेरे दिमाग ने ये मान लिया है की मेरा वज़न कभी कम ना होगा। लेकिन, समाज और परिवार का क्या करूँ? मेरे खाने, कपड़ों, फिग्रर का मज़ाक उड़ाना उनका सबसे पसंदीदा काम है। आखिर, उनको इस सुख से वंचित भी तो नहीं कर सकती हूँ। ऐसा नहीं है की हमेशा से ही मैं इतने भारी भरकम वजन के साथ इस धरती पर आई थी, शादी और बच्चों के बाद वजन बढ़ता गया और साथ ही ज़िम्मेदारियाँ भी।। खुद के लिए समय निकालना मुश्किल होता गया। धीरे- धीरे मेरा संसार नौकरी, घर और बच्चों में सिमट गई । फिर, पता ही नहीं चल कब वजन बढ़ा , कब बालों में सफेदी आ गई, कब हाथों की नैल पोलिश की जगह मसालों की गंध ने ले ली, पता ही नहीं चला।पर, इन सब बातों का कोई मतलब नहीं, जब खुद का शरीर अच्छा ना दिखे और घरवालों के तानों से मन से आप दुखी रहें। ऐसा नहीं है की मैंने कोशिश नहीं करी – क्रैश डाइट, कीटों डाइट, वॉकिंग, स्विमिंग सब कुछ किया, पर काम नहीं आया। कभी समय नहीं

मिला , कभी इच्छा नहीं हुई उसे पूरा करने की- कमोबेश- कभी तन ने और कभी मन ने साथ नहीं दिया।हर दिन ताने सुन सुन कर एक दिन ठान न लिया की अब बस।। कुछ तो करना पड़ेगा। अंदर गुस्सा भी भरा हुआ था, इसलिए पूरी उठा पटक के साथ जिम की हर मशीन पर काफी देर कूद फांद करी , आते – जाते समय वजन भी चेक किया, लेकिन 500 ग्राम का भी फरक नहीं दिखा। एक हफ्ते तक ये कवायद चलती रही- परिणाम फिर भी ज़ीरो। सोचा , अब खाना कम करके देख लेते हैं। इसलिए, अगले एक हफ्ते तक रोटी, चावल,मीठा, सब कुछ छोड़ कर सिर्फ ओट्स , दलीया पर ज़िंदगी बसर करी - परिणाम फिर ज़ीरो। वजन के आगे ज़ीरो बढ़ते जा रहे थे और ज़िंदगी ज़ीरो से शुरू होकर वहीं खतम हो जा रही थी- साइज़ ज़ीरो एक सपने की तरह था। वजन के बढ़ते हुए कांटे के साथ, दिमाग भी बड़ी तेजी से चलने लगा था- पति की फिट्नस से जलन होने लगी थी, आज तक जो कभी नहीं हुआ , वो शक का कीड़ा अब दिमाग में रह रह कर पनप उठता था। किसी ज़ीरो फिग्यर वाली को अगर पति देख भी ले तो लगता की बस अब तलाक के कागज कभी भी मिलने वाले हैं। साथ चलने, बैठने या घूमने भी शर्म आने लागि थी। साथ में फोटो तक खिचवाने में परहेज लगता था और एक दिन उसने भी कह दिया- मोटापा काम करो, वरना रिश्ता सिर्फ नाम का ही रह जाएगा। बच्चों के स्कूल और कॉलेज में भी, दूसरों की फिट और स्मार्ट मम्मियों को देख शर्म आने लगती थी। बच्चे भी शर्मिंदा होने लगे थे। हर किताब, हर होर्डिंग, हर ऐड्वर्टाइज़्मन्ट में बस दुबली- पतली और सुंदर औरतें ही चारों तरफ दिखती थी। विडंबन तो ये थी की- बाहर वालों को छोड़ो , मुझे खुद पर ही गुस्सा आने लगा था- हर कपड़े या ड्रेस का XXL साइज़ धूनदन जैसे ज़िंदगी का एक मात्र मकसद रह गया था। धीरे- धीरे घर से निकलना भी छोड़ दिया, लोगों से मिलना भी बंद कर दिया। पूरा दिन ,सिर्फ घर में यही सोच- सोच कर पड़ी रहती की अगर वजन कम ना हुआ तो ज़िंदगी बर्बाद हो जाएगी। पति तलाक देगा और बच्चे माँ मानने से इनकार कर देंगे, सारे रिश्तेदार मज़ाक उड़ाएंगे और दोस्त ताने मारेंगे, खैर दिन भर लेटे -लेटे और बेकार की बातें सोच- सोच कर अपना दिमाग और सेहत दोनों खराब कर लिया। थोड़े दिन तक सबने देखभाल भी

करी , फिर सब अपनी- अपनी ज़िंदगी में व्यस्त हो गए।अकेले लेटे- लेटे उलझन होने लागि थी। सुबह के वक्त , चिड़ियों के शोर से आँखें खुली, पर्दा हट कर देखा- सूरज अपनी गर्मी को मंद करके अपनी रोशनी बरसा रहा था। अपने कमरे और कपड़ों पर एक निगाह डाली- सब कुछ कितना असत- व्यस्त सा था। बाथरूम में जाकर नहा कर साफ कपड़े पहने, खुद के लिए एक कप चाय बना कर, बरामदे की गुनगुनी धूप में आ कर बैठ गई। पेड़- पौधों की हरी पत्तियां, सड़क पर दूध वाले और अखबार वाले की दौड़ती हुई साईकेलें की आवाज़ें बहुत मधुर लग रही थी। सारा संसार मानो कह रहा हो- जागो, सवेरा हो गया है। पक्का फैसला कर लिया था- वजन काम करेंगे लेकिन अच्छी सेहत के लिए, खुद के लिए। पर, चाहे कुछ भी हो जाए अपने आप से प्यार करना कभी बंद नहीं करूंगी।

8

आठवी फुरसत: बेशरम

जब से होश संभाल है, नीति ने हमेशा घर पर बस एक ही बात सुनी है की शर्म , औरत का लज्जा वस्त्र है। उसकी नानी, उसकी माँ, मौसियाँ सभी इसी वस्त्र को ओढ़कर घर के बाहर जाती हैं और बिना उस पर कोई भी दाग लगाए वापस आ जाती हैं। किसी भी मर्द की तरफ आँख उठा कर देखने या उनकी किसी भी गलत बात का जवाब देने से खुद की ही इज्जत घटती है, इसलिए चुप- चाप सर नीचे करके चलने में ही भलाई है। नाना के मरने के बाद, तीन बेटियों को नानी ने इसी तरह बड़ा किया था। पिताजी ने जब माँ को छोड़ कर दूसरी शादी कर ली तो माँ ने भी इसीको अपनी नियति मानकर , हालात से समझौता कर लिया और बिना किसी विवाद के चुप- छाप अपने मायके लौट आई। जब बड़ी मौसी का रिश्ता टूट गया क्यूंकी नानी के पास दहेज के पैसे नहीं थे, तब मौसी ने भी चुप- चाप इसे स्वीकार कर लिया। नानी कहती हैं, चुप रहने से बात नहीं बढ़ती, सामने वाले को गुस्सा नहीं आता, आपकी ज़िंदगी आराम से चलती रहती है। जहां से बच कर निकल जा सकता है, वहाँ पर लड़ाई या बहस करके क्या फायदा? इसलिए, उसके स्कूल में जब लड़कियां आपस में या लड़कों से लड़ती हैं तो वो दूर जाकर बैठ जाती थी, की, कहीं उसे भी लड़ाई का हिस्सा ना बनना पड़े। घर से स्कूल तक का

रास्ता आँख नीचे करके तय करती थी और चाहे मोहल्ले के लड़के कुछ भी कहें, कभी पलट कर जवाब नहीं देती थी। इतनी प्यारी, सुशील और शांत बच्ची से कौन प्यार नहीं करेगा? मोहल्ले के सब औरतें उसे बहुत प्यार करती थी। सबकी लाड़ली थी वो। घर पर भी ना उसने कभी कोई ऊंची आवाज सुनी थी ना कभी किसी से ऊंची आवाज में बात करी थी। स्कूल का रिजल्ट भी हमेशा अच्छा लाती थी, दसवीं की परीक्षा सर पर थी, स्कूल, घर और ट्यूशन के अलावा कुछ भी समय नहीं था। स्कूल के रास्ते में एक नई बिल्डिंग बन रही थी, वहाँ पहले एक पान की दुकान खुल गई, फिर उस पान की दुकान पर पता नहीं कहाँ से कुछ लड़के आकर खड़े होने लगे और आती- जाती लड़कियों को छेड़ते रहते थे। लड़कियों ने अपने घर पर बताया तो उनके पापा या भाइयों ने मिल कर उन लड़कों से लड़ाई करी और मार – पीट भी लेकिन ना उनका वहाँ खड़ा होना बंद हुआ ना कमेन्ट मारना। और, उसपर तो कुछ ज्यादा ही मेहरबानी थी, कभी कमेन्ट मारते, कभी धक्का देते, कभी घूरते रहते। उसने घर पर अभी तक किसी को कुछ नहीं बताया था। उसकी फॅमिली में कौन उनसे लड़ने जाएगा? वैसे, भी नानी कहती हैं- कोई कुछ बुरा बोले, तो सुन कर टाल दो। किसी का बुरा कहा हुआ हमें कभी लगता नहीं। पर एक दिन तो हद हो गई- एक लड़के ने उसी की पानी की बोतल का पानी उसके ऊपर गिर दिया। सारे खड़े होकर देखते रहे, उस लड़के ने उसकी पानी की बोतल खोल कर थोड़ा पानी पिया और बच हुआ पानी उसके ऊपर गिर दिया। सर से पाँव तक वो पूरी गीली हो गई। उसी हालत में, रोते -रोते वो घर पहुँची , तो माँ और मौसियों को भी पहली बार गुस्सा करते हुए देखा लेकिन नानी ने उन्हे चुप कर दिया। मेरे आँसू पोंछते हुए बोली- परेशान मत हो, भगवान उनको सजा देगा, हम कौन होते हैं सजा देने वाले? नीति का मन तो हो रहा था की कह दे- भगवान कुछ कर क्यूँ नहीं रहे फिर? पर, खाना खा कर चुप- चाप सो गई। सुबह जब माँ ने कहा की वो मुझे स्कूल तक छोड़ने जाएगी, तो नानी ने मना कर दिया- की लड़की खुद सयानी है, अपने आप जाने दो। नीति का दिल डर के मारे जोर- जोर से धड़क रहा था। राम – राम करते रास्ता पार करके स्कूल पहुच गई, लेकिन पूरे दिन यही चिंता सता रही थी की लौटते समय क्या

होगा? उस दिन लड़कियां भी काम ही थी, क्यूंकी नीति की तरह बाकी लड़कियों ने विज्ञान का विषय नहीं ले रखा था। वो तो बस पढ़ाई पूरी करके शादी के सपने देख कर ही खुश थी। नीति को डॉक्टर बनना था, उसकी नानी, माँ और मौसी का भी यही सपना था। स्कूल की घंटी बजने पर, डर के मारे उसके पाऔं उठ ही नहीं रहे थे। बड़े बेमन से उसने स्कूल के बाहर अपने कदम निकाले। यहाँ तो कितना सुकून था, अब , रास्ते का डर और गहरा रहा था। दूर तक कोई दिखाई नहीं दे रहा था,लेकिन उसे महसूस हो रहा था की वो लोग कहीं आस- पास ही हैं। आधा रास्ता तो पार हो गया था। हनुमान चालीसा खतम करके उसने दुर्गा चालीसा का पाठ प्रारंभ ही किया था की , सामने से वो लड़के आते हुए दिख गए। उन्होंने आते ही, उसे चारों तरफ से घेर लिया और कमेन्ट मारने लगे। वो आँखें नीचे करके चुप- छाप खड़े हुए मन ही मन दुर्गा चालीसा का जाप कर रही थी। उन्मे से एक ने आगे बढ़ कर उसे हल्का स धक्का दिया तो गिरने के पहले दूसरे लड़के ने उसे संभाल लिया। लड़का जबरदस्ती उसे जकड़ कर उसे चूमने की कोशिश करने लगा। उसने धक्का देने की बड़ी कोशिश कड़ी पर वो उसके चंगुल से छूट ही नहीं प रही थी। उसने डर के मारे अपनी आँखें बंद कर ली। तभी उसने दूर से अपनी नानी की आवाज सुनी- हरामियों , कमीनों, कुत्तों, आज तुम लोगों के हाथ- पैर तोड़ कर तुम्हारे घर ना फेंक कर आई तो मेरा नाम भी भगवती नहीं।आँखें खोल कर देखा तो उसकी नानी, माँ और मौसियाँ हाथ में चप्पल, जूते लेकर उन लड़कों की कुटाई कर रहे थे और उसकी नानी तो लगातार इतनी गंदी गालियां दे रही थी उन लड़कों को, की उनकी शक्ल उन गालियों को सुन कर ही बेहाल हो गई थी । माँ और मौसियों की मार से ज्यादा तो वो लड़के नानी की गालियों से सकते में थे। नीति, खुद भी समझ नहीं पा रही थी की ये नानी को क्या हो गया। लगता है उसकी पूजा से प्रसन्न होकर माता खुद नानी के अंदर समा गई थी। नानी की गालियों की बारिश काम होती तो वो अपनी चप्पल का भी भरपूर इस्तेमाल कर रही थी। माँ और मौसियों ने तो पीट पीट कर उन लड़कों का बुरा हाल कर दिया था। उन्मे से कुछ तो भाग गए थे और बाकी कान पकड़ कर माफी मांग रहे थे। नानी ने उन लड़कों को बुलाया और उनको और थोड़ा बुरा-

भला सुनकर, उनके माँ- बाप, खानदान, गाँव की पूरी जानकारी लेकर छोड़ दिया। नीति तो बुत बनी वहीं खड़ी थी, उन लड़कों की हरकतों से ज्यादा, अपनी नानी, माँ और मौसियों का ये रूप देख कर वो सदमे में थी। नानी ने प्यार से हाथ फेरते हुए बोल- बिटिया, लाज, शर्म स्त्री का गहना है, लेकिन खुद की रक्षा के लिए अगर थोड़ी बेशर्मी दिखानी पड़े तो उसमे कोई बुराई नहीं है। समझ ले बेटा- गालियों का ज्ञान कभी कभी तेरी किताबों के ज्ञान से ज्यादा जरूरी हौए है। माँ और मौसियों ने नीति को गले लगा लिया, लेकिन नीति की निगाहें तो नानी पर थीं- शर्म और बेशर्मी दोनों का पाठ एक ही दिन में पढ़ लिया था।

९

नवी फुरसतः गाली

" मदारचोद , साले " बहनचोद "।। ये गालियां हमारे शहर और गली में आम बात है। मज़ाक हो या लड़ाई। तकरार हो या प्यार - हर जगह एकदम आम है ये गालियां। सबको नापसंद है, पर जुबान पर नमक की तरह चढ़ी हुई है। गली के कुछ लोगों की तो दिन की शुरुआत और अंत इन्ही गालियों से होता है। अब तो उन्हे इतनी आदत लग चुकी है की उनको भी पता नहीं चलता कब ये गालियां उनके जीवेन का अभिन्न अंग बन गई। ना समय , ना माहौल, ना लोग, ना लिहाज किसी की मोहताज नहीं है उनकी ये गालियां। मुझे इन गालियों का मतलब बहुत बाद में पता चला । एक बार दूसरों की देखा देखि मैंने भी अपने किसी दोस्त को ये गाली दे दी थी- माँ ने मार मार कर बुरा हाल कर दिया था। पूरा मोहल्ला रोक रहा था उन्हे पर वो मारना बंद ही नहीं कर रही थी। सारा शरीर नीला पड़ गया था, रोते रोते मैं भूख ही सो गया। बहन ने सुबह बताया की माँ रात भर रोते हुए मेरे सिरहने बैठी रही, लेकिन मुझे दवा न लगाई ना बहन को लगाने दी- कहा की ये निशान धीरे – धीरे ठीक होंगे और तीस बनी रहेगी तो इसे हमेशा याद रहेगा की माँ – बहन की गाली देने से माओं और बहनों को भी दर्द होता है। इसी मोहल्ले में रह कर कई दुख सह कर मेरी माँ ने इस माहौल के बावजूद मुझे अच्छे से अच्छे स्कूल में पढ़ाया और मेरी पढ़ाई में कोई कमी नहीं आने दी। आज भी मुझे याद है, किस तरह घर और बाहर दोनों की ज़िम्मेदारियाँ निभाते

हुए उनहोंने मुझे और मेरी बहन को कभी ये एहसास ही नहीं होने दिया की हमें किसी चीज की कमी है। भले ही हमने कपड़े और खिलौने सिर्फ होली, दिवाली पर मिले लेकिन हमारे स्कूल की फीस हमेशा महीने की पहली तारीख को जमा हो गई। अपनी गली के हिसाब से सबसे महंगे स्कूल में हम ही पढ़ते थे। पापा, तो हमें याद भी नहीं, काफी पहले गुजर गए थे। माँ ने ही हमें पाला और हमारी परवरिश करी स्कूल में आया की नौकरी करके, रात भर मोहल्ले के लोगों के कपड़े सिलकर, दो- तीन घरों में खाना बनाने का काम करके जब माँ घर लौटती थी तो मजाल है जो कभी उनके चेहरे पर कोई शिकन हो- हमेशा मुसकुराता हुआ चेहरा और हमेशा वही दो सवाल- खाना खा लिया? पढ़ाई कर ली? हम दोनों हँसते हुए जवाब देते – माँ कभी कुछ और पूछा करो और माँ जवाब में हँसते हुए कहती- अरे सब माएं यही पूछती हैं, देख लेना तुम लोग जब बड़े हो जाओगे, समझ जाओगे। धीरे- धीरे समय बीतता गया, हम बड़े भी हो गए- मैंने लोन लेकर इंजीनियरिंग की पढ़ाई पूरी कड़ी और बहन की शादी हो गई। माँ ने कभी कोई इच्छा जताई नहीं- कितनी बार मैंने कोशिश करी की जानने की उनको क्या पसंद है, अगर कहीं जाना चाहती हों? लेकिन हर बार वो यही कह कर टाल देती की बेटा कोई इच्छा बाकी ही नहीं बची है अब तुम दोनों को खुशहाल देखकर। कई रिश्ते आ रहे थे अच्छे घरों के, लेकिन अभी मैं तैयार नहीं था। माँ के जिद करने पर मैंने दो- तीन लड़कियां देखि भी, पर कोई पसंद नहीं आई। तभी राधिका का रिश्ता आया और उसकी एक झलक देखकर ही मैंने हाँ कर दी- तीखे नैन- नक्श और पढ़ी- लिखी नौकरी करने वाली लड़की- जैसी मुझे चाहिए थी। धूम धाम से शादी हो गई और राधिका बहु बन कर घर आ गई। हमने एक नया मकान ले लिया और पुराने घर और मोहल्ले को छोड़कर एक नई पोष कालोनी में रहने आ गए। मैं नहीं चाहता था की मेरी बीवी को पता चले हम कैसे मोहल्ले से आए थे और वो गाली देने वाले, नीचे तबके के लोगों से मेरा अब कोई वास्ता नहीं था। मैं, एक सभ्य, पढे – लिखे समाज का हिस्सा था, जहां लोग बेहद तमीज़ और तहज़ीब से बात करते थे और ये गंदी गालियों के बारे में तो कोई सोच भी नहीं सकता था। गृह प्रवेश के लिए हमने एक बड़ी पार्टी राखी- आस पड़ोस के सभी लोग आए

– कोई ऐडवकेट , कोई टीचर, कोई आर्मी का ऑफिसर, कोई इंजीनियर काफी पढ़े- लिखे और नाम चीन लोग। कुछ लोगों को मैं अपने ऑफिस के माध्यम से जानता था और कुछ को सोशल सर्कल के माध्यम से। कुछ मेरी वाइफ के ऑफिस से थे और कुछ उसके जानकार लोग थे। घर से भी कुछ करीबी रिश्तेदार थे। हाँ, पुराने मोहल्ले के किसी आदमी को नहीं बुलाया था क्यूंकी उनका कोई भरोसा नहीं था – क्या बोलेंगे और क्या करेंगे? माँ को अच्छा नहीं लगा था पर मैंने उनको समझा दिया था की हमारा सर्कल और क्लास अब बदल चुका है। हम अब पुराने जाहिल लोगों से कोई रिश्ता नहीं रख सकते। पार्टी अपने पूरे शबाब पर थी, बोतलें खुल चुकी थी- महंगी दारू, सित- बूट में लोग, एक से बढ़कर एक कपड़े, जेवर। मेरे बॉस ने जिद पकड़ राखी थी उसे हमारे ऑफिस की एक महिला सहकर्मी के साथ ही डांस करना है, लेकिन वो तैयार नहीं थी। इसी बात पर माहौल थोड़ा गरम हो गया था। माँ अपने कमरे में ही रहना चाहती थी लेकिन राधिका ने उन्हे 10 मिनट के लिए पार्टी में आने को राजी कर लिया था। माँ को मैं सबसे मिला ही रहा था की मेरे बॉस ने मेरे कंधे पर हाथ रखते हुए बोला – बहनचोद – क्या मकान खरीदा है? साल, ये रंडी की जात, हाथ ही नहीं लगाने दे रही? कुछ कर बहनचोद। जब तक मैं कुछ समझ पता माँ ने उनके गाल पर एक थप्पड़ रसीद कर दिया। पार्टी में सभी स्तब्ध रह गए। मैं कभी अपने बॉस और कभी अपनी माँ की तरफ देख रहा था। मेरे बॉस का चेहरा गुस्से में लाल हो गया था और माँ भी तमतमा रही थी- मेरे कुछ बोलने के पहले ही माँ गुस्से में बोली- लाल तुम तो कह रहे थे की ये सब पढे – लिखे , सभ्य समाज के लोग हैं । पर मुझे तो इनमे और हमारे गली , मोहल्ले के गुंडों में कोई फरक ना दिख रहा। अगर पढ़ लिख कर भी यही सभ्यता सीखी है इन्होंने ने तो मुझे तो वापस उस दो कौड़ी के मोहल्ले में भेज दे- जहां से मैं आई हूँ। अपनी ही माँ के सामने मैं सिर नीचे करके खड़ा था और सभ्य समाज का ये हाल देखकर हैरान था।

10

दसवी फुरसत :वजह

घर की दीवार गिरने से लेकर, मोहल्ले के नल में पानी ना आने के लिए मैं ही जिम्मेदार हूँ- ऐसा मेरी सास को लगता है। शादी के 20 सालों के बाद उनके इस यकीन पर मुझे भी यकीन होने लग गया है। बच्चों की बीमारी, पति के घर देर से आने का कारण , पड़ोसी के बेटे की बेरोजगारी , यहाँ तक की देश की आर्थिक तंगी की वजह भी मैं ही हूँ। शुरू- शुरू में गुस्सा आता था, जब सासु माँ बोलती थी की- देख, बच्चों को बीमार कर देती है या मेरे बेटे को ठीक से खाना भी नहीं देती है। हमेशा अपने बेटे के सामने मुझे ही ताने मारती रहती थी। जब मेरी शादी तय हुई थी, तभी मेरे पिता को सारे मोहल्ले ने बोल था की मेरी सास बहुत तेज हैं। लेकिन, पिताजी ने कहा सास की बातें तो अमृत हैं, लड़का तो हीरा है और उनहोने अकेले पाल है उसे, मेरी बिटिया अजस्ट कर लेगी। शुरू- शुरू में बहुत रोना आता था उनकी तीखी बातें सुनकर, फिर, धीरे- धीरे आदत हो गई। इतने सालों में पता चल गया था की सासु माँ के दिल में कोई बात नहीं है, लेकिन उनके अपने घर में उन्हे कभी कोई ज्यादा इज्जत नहीं मिली, इसलिए उनको कोई चाहिए था जिसको सुना कर वो भी अपनी खोई हुई इज्जत वापस पा सकें। वैसे, भी हमारे देश में हर गलत काम की वजह दूसरे पर डालने की प्रथा है। सड़कों के गड्ढों की वजह सरकार। बेरोजगारी की वजह सरकार और दंगों की वजह विपक्ष। बेमौसम बरसात की भी हम वजह ढूंढ लेटे हैं। इसलिए अब आदत हो गई

है, और बुरा नहीं लगता। मैं तो खुद ही कभी- कभी हंस कर कह देती हूँ- माजी, अमरीका में सरकार बदल गई, मेरी वजह से। वो, भी, मुस्कुरा कर रह जाती हूँ। मेरी दुनिया छोटी सी है- मेरा प ति , मारे बच्चे और मेरी सास । इन्ही तीनों की खुशी में मुझे सारे सुख मिल जाते हैं। रात में सोने के पहले, मैं हमेशा भगवान को धन्यवाद देती हूँ की उनहोने मेरे जीवन में कोई कमी नहीं रखी। लेकिन, जैसे समय एक सा नहीं रहता, एक दिन अचानक मेरी ज़िंदगी बदल गई। जिस दिन , मुझे पहली बार पता चल की मेरे पति संजय का एक और परिवार भी है- एक और पत्नी, बेटा, एक और घर। मेरे किसी रिश्तेदार ने उसे किसी शहर में किसी और के साथ देखकर, उसके बारे में पता करके मुझे बताया। मैंने यकीन नहीं किया, लेकिन जब संजय ने खुद कबूल किया तो मेरी मानो दुनिया ही उजाड़ गई। समझ ही नहीं आ रहा था की इसकी वजह क्या है। सासु माँ ने कुछ नहीं कहा, ना कोई ताना मारा उस दिन, लेकिन मुझे लग रहा था की घर की इस शांति में ज्यादा शोर था। सब मुझसे नजरें चुरा रहे थे, बच्चे भी सहमे खड़े थे, पर, मुझे कुछ महसूस ही नहीं हो रहा था। लगता था मानो सब कुछ रुक गया है। संजय, अपनी सफाई देते जा रहा था, लेकिन मुझे कुछ ना सुनाई पड़ रहा था ना समझ आ रहा था।बस दिमाग में एक ही बात चल रही थी- अब क्या? सासु माँ भी बिल्कुल चुप थी। ना मुझे ताना मारा , ना इन सब का दोषी मुझे बताया। उनकी चुप्पी से डर लग रहा था। जमीन पर बैठे- बैठे पैर दुखने लगे थे, इसलिए उठ कर खड़ी हो गई, सर दर्द से फट रहा था, जा कर अपने लिए एक कप चाय बनाई, और कप हाथ में लेकर अपने कमरे में आ गई। पता नहीं क्यूँ लेकिन कुछ महसूस ही नहीं हो रहा था, ऐसा लग रहा था जैसे मुझे पहले से पता हो या कम से कम इसका आभास तो था। हमारी शादी को 15 साल बीत चुके थे, किसी भी तरह से हमारी शादी में कोई शारीरिक या मानसिक प्यार बचा ही नहीं था। हम साथ रह जरूर रहे थे, पर साथ खुश रहने की उम्मीद तो हम काफी पहले छोड़ चुके थे। संजय के इस धोखे ने मुझे आहात किया लेकिन कहीं ना कहीं आजाद भी कर दिया। कम से कम अब मैं खुद को बदलने की और उसे रिझाने की कोशिश करके अपना और उसका समय खराब तो नहीं करूंगी। उसने मुझे आजाद कर दिया - खुद के हिसाब

से जीने के लिए और खुद के फैसले करने के लिए भी। मैंने कमरे का दरवाजा खोला और बाहर आकर सबसे पहले बच्चों को गले लगाया, छोटे ने तो रो रो कर बुरा हाल कर दिया था। मैंने दोनों को गोद में बिठाया और आराम से समझाया- बच्चों, मम्मी - पापा की लड़ाई हो गई है। अब हम पापा के साथ नहीं रहेंगे । आप लोग क्या चाहते हो? हम थोड़े दिन नानी के पास रहेंगे, फिर एक दूसरे घर में शिफ्ट हो जायेंगे या हम यही रह सकते हैं, लेकिन तुम्हारे पापा यहाँ नहीं रहेंगे। संजय, गुस्से में बोला - ये क्या बकवास है, ना तुम कहीं जाओगी ,ना मैं।। जैसा चल रहा है, चलता रहेगा- बच्चों के कान मत भरो। उसने छोटू को मुझसे छीन कर गोद में उठा लिया , और, उसे प्यार करते हुए बोल- हम सब साथ ही रहेंगे, तुम दोनों चिंता मत करो। तुम्हारी माँ को अभी तो टेंशन है, इसलिए ऐसी बातें कर रही हैं, कल सुबह तक सब ठीक हो जाएगा। सासु माँ सब सुन रही थी, मुझे उनसे कोई उम्मीद थी नहीं, और, ना मेरे में उनका कोई ताना सुनने की हिम्मत बची थी, इसलिए मैं उठ कर वापस अपने कमरे में जाने लागि। मैंने सोच लिया था की मैं तो अब संजय के साथ नहीं रह सकती हूँ। उनकी की आवाज ने मुझे रोक दिया- वो संजय से कह रही थी, गलती तेरी है, वो क्यूँ घर छोड़ कर जाएगी? तू अपना समान बांध और अपनी दूसरी बीवी के साथ जाकर घर बस। तेरा अब यहाँ कोई काम नहीं। ये घर आज भी मेरे नाम पर है, तेरे बाप ने भी यही किया था, तो, मैंने कैसे सोच लिया की तेरे खून से ज्यादा मेरी परवरिश पर तेरा चरित्र बनेगा? तेरी शक्ल और तेरे बाप की धमकी से डर कर मैंने एक गलत फैसला लिया और उस गलती को हर दिन भोग, लेकिन मेरी बहु ऐसा नहीं करेगी। गलती तेरी, तो , सजा भी तू ही भुगतेगा। अपना समान बांध और निकाल यहाँ से- हर महीने घर कहरच के लिए पैसे भी तू ही भेजेगा। और अगर, ऐसा ना हुआ तो मैं खुद वकील करूंगी और तिजहे कोर्ट में घसीटूँगी। अब निकाल यहाँ से। उनकी तेज आवाज सुनकर मेरा काफी समय से रोका हुआ आँसून का बांध बह पड़ा , मैं दौड़ कर जा कर उनके गले लग गई। मेरी सिसकियों के बीच में बस मुझे यही सुनाई पद रहा था- तेरी कोई गलती नहीं इसमें, क्यूँ रो रही है? मैं हूँ ना तेरे साथ। संजय आश्चर्य से खडा हुआ बस हम दोनों को देखे जा रहा था। अब, कुछ कहने

या सुनने की शक्ति शायद उसकी खतम हो गई थी।

11

एक एक्स्ट्रा पल फुरसत

आज पक्का ट्रेन छूट जाएगी और काम तो खतम ही नहीं हो रहा-मधू ने खीजते हुआ चारों तरफ बिखरे हुए बर्तनों और कपड़ों की ओर देखा और फिर घड़ी की तरफ। जल्दी से जैसे- तैसे तैयार होकर ऑफिस के लिए भागी तो सैन्डल का स्ट्रैप टूट गया। उसको ठीक करने का समय नहीं था , इसलिए सैफ्टी पिन से अटका ली और भागते हुए रिक्शा पकड़ कर रेल्वे स्टेशन पहुच गई। उसके सामने से ट्रेन मस्ती से लहराती हुई गुजर गई। बस रोना ही छूट गया मधू का। हर दिन की यही कहानी है। कितने बजे का भी अलार्म लगा लो, कभी काम पूरा खतम ही नहीं हो पाता। आज पता नहीं क्यूँ कुछ ज्यादा ही बुरा लग रहा था, दस सालों से यही भाग दौड़ कर रही थी मधू। पति की कमाई में घर का खर्च चलाना मुश्किल था, इसलिए नौकरी करनी पड़ी, लेकिन, अब ऐसा लगता था की सबसे बड़ी गलती करी नौकरी करके। पति की नौकरी की इज्जत है और उसको हर बात पे सुन दिया जाता था की रीसेप्शनिस्ट की नौकरी कोई नौकरी नहीं होती। घर की पूरी जिम्मेदारी उसकी है। पति , तो घर आकर पैर पर पैर रखकर बैठ जाता है, और उसे चलने के पहले नाश्ता , टिफ़िन, यहाँ तक की दोपहर के खाने का भी इंतेजाम करना पड़ता है , और आते ही चाय से शुरू करके रात के खाने तक का सारा जिम्मा उसका। साथ

में दो बच्चे , जिनकी अलग फरमाइश और ज़िम्मेदारियाँ हैं। फिर सास-ससुर, रिश्तेदार, सब कुछ उसके ऊपर ही तो है।ना कोई मदद करता है ना उसने किसी से मदद मांगी। क्या फायदा, कोई समझेगा नहीं। घर जाने का बिल्कुल मन नहीं था, इसलिए प्लेटफॉर्म की बेंच पर ही बैठ गई। बगल में चाय का ठेला था, उससे लेकर एक चाय धीरे-धीरे चुसकियों के साथ पीना शुरू किया। बड़े दिनों बाद आज किसी और के हाथ की गरम चाय नसीब हुई थी। चीनी ज्यादा थी पर एकदम कडक चाय, जैसी कभी उसे पसंद हुआ करती थी। चाय पीते- पीते अपने हाथ के नाखूनों की तरफ निगाह चली गए, कभी बिना नैल पैंट के जो हाथ रहते नहीं थे, अब कैसे बदरंग से , फटे हुए हो गए थे। पैरों की भी वही हालत थी। ऐसा नहीं है की पार्लर जाने के पैसे नहीं थे या किसी ने मना किया था, लेकिन कभी समय ही नहीं मिलता था। 24 घंटों में भी कभी काम खतम ही नहीं होता। सुबह, सबके चाय नाश्ते के बाद, बच्चों को स्कूल भेज कर, जल्दी अपना टिफ़िन बैग में डाल कर लगभग भागते हुए घर से निकलना पड़ता था। खुद के नाश्ते या चाय के बारे में सोचने की कभी फुरसत ही नहीं मिलती थी।ऑफिस से आते ही शाम की चाय से शुरू करके, रात के खाने और बच्चों के होमवर्क तक, सारा दिन कैसे बीत जाता था पता ही नहीं चलता था। रात में, पति को खुश रखने के लिए कभी कभी बेमन से ही हाँ कहनी पड़ती थी, पर उसमे कोई आनंद की अनुभूति हो ऐसा कुछ नहीं था।बैठे- बैठे उसे याद आया की कितने दिनों से फोन पर बात भी नहीं करी है अपनी माँ से। माँ ने एक ही रिंग में फोन उठा लिया, जी भर के माँ से बात करी , फिर भाई को भी फोन लगा दिया। उसके साथ भी पुरानी यादें ताज़ा करी । फोन की कान्टैक्ट लिस्ट में से ढूंढ कर अपनी दोस्तों के नंबर भी निकले, पुरानी सहेलियों से बातें करके बचपन के दिन याद आ गए। वो फुरसत के पल, वो बेफ़िक्रे से पल, जब खुशी सच्ची थी, जोश सच्चा था। घर जाने की कोई जल्दी नहीं थी, घर वालों के हिसाब से तो वो ऑफिस में थी और ऑफिस वालों के हिसाब से घर पर थी।थोड़ा और फैल कर बेंच पर बैठ गई । चाय का कप खाली हो चुका था, इसलिए उसको डस्टिबन में फेंक कर, चाय वाले को दूसरा कप गरम चाय का देने को बोल कर फिर बेंच पर आकर बैठ गई। अब क्या

करूँ? अभी भी 4 घंटे बचे थे, ऑफिस छूटने में, अगर जल्दी वापस गए तो सभी पूछेंगे की अभी तक कहाँ थी? क्या हुआ? उसने मैगजीन वाले के स्टॉल पर निगाह डाली, कितने दिन हो गए कोई किताब या मैगजीन पढे हुए। आजकल, तो अखबार की हेडलाइन तक देखने का टाइम नहीं है। वैसे भी, सुबह, पतिदेव अखबार लेकर बाथरूम में घुस जाते हैं और वहीं छोड़ देते हैं। तैयार होते समय वो अखबार , बाथरूम से बाहर तो निकाल कर रखती हूँ, लेकिन पढ़ने का समय बचता ही नहीं है।आज पूरा मौका मिल है, तो क्यूँ ना फायदा उठाया जाए। मैगजीन वाले के पास से अपनी पसंदीदा मैगजीन की एक प्रति खरीदी , फिर एक अखबार लिया और बेंच पर आकर बैठ गए। चाय की चुसकियों के साथ, अखबार और मैगजीन को अगले 2 घंटे में पूरा निपटा दिया। प्लेटफॉर्म पर बनी हुई दुकानों से अपनी पसंद की नैल पॉलिश ली और अपने हाथों और पैरों के नाखूनों को रंग लिया, खुद के पैर और हाथ निहार कर बड़ी खुशी मिली। लोग शायद घूर रहे होंगे, पर, किसको फिकर थी। आज जैसी फुरसत पहले कभी मिली नहीं। लग रहा था मानो ज़िंदगी ने चुन कर ये फुरसत के पल उसकी झोली में डाल दिए हैं। घड़ी पर निगाह गई, तो पता चल, अभी भी एक घंटा और बाकी है। पर्स में से डायरी निकाल कर आगे की प्लैनिंग शुरू कर दी। डायरी के पहले पन्ने पर सबसे पहले लिखा की अपने लिए रोज 1 घंटा जरूर निकलूँगी ,अपनी सेहत और खाने का पूरा ध्यान रखूंगी, अपनी सारी पुरानी साड़ियाँ किसी विधवाश्रम में देकर , नई डिजाइन और फैशन के हिसाब से कपड़े खरीदूँगी । अपनी सैलरी में से हर महीने 2000 रुपये सिर्फ अपने ऊपर खर्च करूंगी।सारे वादे, इरादे के बाद जब घड़ी पर निगाह गई तो पता चला की, ट्रेन आने का समय हो गया। ट्रेन के प्लेटफॉर्म पर आते ही, वो भी भीड़ में शामिल हो गई, पर आज कदमों में उत्साह था। उसने बाहर आकर रिक्शा किया और गुन – गुनाते हुए घर की ओर चल दी- एक नए जोश के साथ।

निष्कर्ष

आपकी चाय और मेरी कहानियाँ खत्म होने के बाद भी मुँह में स्वाद छोड़ गई होंगी..

इसी उम्मीद के साथ, अगली कहानी के किरदारों से मिलवाने तक , आपकी अमानत में छोड़ते हैं इन पन्नों को।